余　生

周黎明　著

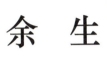

上海文艺出版社

图书在版编目（CIP）数据

余生 / 周黎明著. — 上海：上海文艺出版社，
2024
ISBN 978-7-5321-8983-0

Ⅰ. ①余… Ⅱ. ①周… Ⅲ. ①诗集—中国—当代
Ⅳ. ① I227

中国国家版本馆 CIP 数据核字（2024）第 048679 号

责任编辑　徐如麒
　　　　　毛静彦
装帧设计　长　岛
封面绘画　祝　青

余　生

周黎明　著

上海世纪出版集团　上海文艺出版社
上海市闵行区号景路 159 弄 A 座 2 楼　201101
上海文艺出版社发行中心发行
上海市闵行区号景路 159 弄 A 座 2 楼 206 室　201101　www.ewen.co
上海纯德印务有限公司印刷
开本 880×1230　1 / 32　印张 6.5　插页 2　字数 139，000
2024 年 3 月第 1 版　2024 年 3 月第 1 次印刷
ISBN 978-7-5321-8983-0 / I·7074　定价：66.00 元

告读者　如发现本书有质量问题请与印刷厂质量科联系
T：021-57560668

序一：从抒情到荒诞离奇的智性写作

孙琴安

岁月如流。转瞬间，与周黎明从相识到相知，也有三十年了。其间我们多有来往，而其中的主要牵线者，便是诗。

第一次见到周黎明，他不过三十岁出头，西装革履，一表人才，驾着一辆黑色轿车，接我去苏州河畔一幢高楼里参加一次诗人聚会。当时几位有点名气的诗人都很活跃，唯独他话语不多，但以微笑致意，显得很文静。后来听弟弟小伟说：他在一家企业集团供职，也写诗，而且写得很好。自此，才开始对他有了更多的了解。

周黎明学的专业是工商管理，获硕士学位，长期在上海一家企业集团供职，把自己份内的工作都安排得井井有条，时有创新。内心却又深喜文学，十五岁就开始写诗，兼及散文与小说，旁涉剧本。曾自印诗集《心寂》《帆影集》，二十一岁写下电影文学剧本《故居》，二十三岁写了话剧剧本，同时又陆续写了些散文与小说。2002年，当他迈入四十岁之际，出版了诗集《独白·对白·旁白》，后附若干散文、小说和一部剧本。其中收诗约九十首，曾引起过我的关注。

这些诗都写于20世纪的八九十年代，当时正值改革开放之初，提倡思想解放，而二三十岁的周黎明风华正茂，思想活跃，写下了大量的抒情诗，尤以爱情诗为多，占去相当比重。《魂》《徘徊·恍惚·忏悔·怀念》《夜中四题》《音乐使我解脱》《一首小诗》《最末一行》《秘密》《雨季》《离别》《访梅》《小夜曲》《四月的乡村》《梦呓》《温柔的夜》《远航的梦》《邀你共舞》等都很有代表性。爱情诗在今天已司空见惯，习以为常，孰知在开国大典以后至特殊年代，爱情诗一直是个禁区，只能写工农兵和少数民族的爱情，并且有种种限制，故共和国成立之后至改革开放之前，爱情诗少而又少，是一个非常缺失的品种。而周黎明当时大写爱情诗，在题材上有一种冲破桎梏、勇于创新的精神，具有一定的先锋性。况且这些诗都是其切身的感情经历和心路历程，都是其情感的真实流露，有几分浪漫，也有几许缠绵，再加上他的语言表述能与时俱进，与传统的新诗语言已有所不同，故大多都情真意切，意象充沛，拨人心弦，具有一定的感染力。我也曾选评过其中的几首。

自此以后，周黎明把文学创作的主要精力和方向就定位在了诗歌上。并在五十岁之际制作了诗电影。而近时诗集《余生》的出版，则标志着其诗歌创作又有了一些新的变化，也达到了一个新的高度。其中《余生》《当我老了》《肖像》《留言》《群生像》等诗，都是很有代表性的优秀之作。概括起来说，有以下三个新亮点：

首先，题材扩大了。青年是恋爱的季节，难怪诗集《独白·对白·旁白》中涌现了许多爱情诗，但诗集《余生》中的诗歌题材明显扩大，拓展到对社会百态的观察和思索，对生与死的思考，也有着对人与自然、城市生态的关注，以及对一些不良社会风气的批判……尽管爱情诗在改革开放之初是中国诗歌的一个新生长点，具有先锋性，但周黎明并没有沉缅于情诗的泥潭里，而是在时代的风云变化中，又冲破情诗的窠臼，展翅奋飞，搏击长空，描写绘制了更为宏大的诗歌画卷。

其次，表现手法更为多样了。虽然周黎明早期的诗能与时俱进，吸纳了一些新的表现手法，但仍以抒情的方式为主，抒情的成分也较明显。可他又偏偏不愿写成那些较为纯粹的爱情诗，往往在爱情可能形成一种纯洁高尚的感情的那一刻，常常宕开一笔，故意植入一些逆袭的成分，使之成为一种出乎意料却又更为真实的爱情诗。而到了诗集《余生》里的诗，无论是写爱情、友情、亲情或乡情，或世间百态，表现手法显然更为多样，也更为丰富了，如《平行线》的开篇一节：

> 地铁驰出站台的一刹那
>
> 我看见对面拼命挥手的你
>
> 渐行渐远间
>
> 两条平行的铁轨
>
> 已经驰出了二十八年

这是写与一位老同学的挥手告别，可是谁也没想到，这刹那间的一挥手，就分离了整整二十八年，彼此在生活的轨道上前行，就犹如"两条平行的铁轨"。诗人正是抓住了这一意象，贯穿始终，把与老同学分手、重逢的同窗之谊表达得淋漓尽致而又充满诗意。再如《留言》，诗人来到友人生活的城市，因来去匆匆，未及谋面，只得在站台上留了张纸条："忘了来时的祝福／我走了／祝秋安"。最后写道：

> **列车启动的一刹那**

我回望你的城市

　　和渐行渐远的你

　　空气中

　　弥漫着幸福的味道

　　诗人尽管未能见到友人，但能来到友人生活的城市，就仿佛见到了友人，并能嗅到了对方的气息，况且离开时还非常礼貌得体地留下了告别辞，便已经觉得很满足了，连空气中也"弥漫着幸福的味道"，给人以无限的回味。此外，他的《肖像》《数羊游戏》《故乡的云》等，也因独持的构思和纷呈的意象而耐人寻味；《失语》《陌生人》《木讷》《灵魂饿了》《陪伴》《旧恨断新愁》等也各有意味；《投名状》有哲理，却不说理，多通过情节来加以揭示内含，别具一格。诸如此类，不胜枚举，兹不一一。

　　再次，敢于以智性和荒诞手法针砭社会百态和弊端。我曾说过：一个社会即使再黑暗，也会有亮点，因为人性中善的一面能使之发光；一个社会即使再清明，也会有污点，因为人性中恶的一面能使之发霉。早年的周黎明坠入爱河，多关注自身内心的感情，随着年龄的增长、阅历的增多，眼界渐宽，也注意到了一些社会的众生相和不良风气，出于一个诗人的良知和社会担当，他有时也会以诗的方式对此发声，加以提醒，组诗《会议》和《群生像》都是很有代表性的，如《会议》之七：

　　会议室很安静

　　天气很不配合

外面的雷声很大

雨点很小

再如《群生像》之十一：

一个上海人

不远千里来到北京

还当上了村官

四十多年后

北京人不当他是北京人

上海人不当他是上海人

如果说周黎明早期的爱情诗展示的主要是抒情的才华，那么他的这些暗含讽刺和调侃意味的诗，展示的则主要是他的机智。其《余生》中的不少诗，都是用这种智性的写作方式来完成的。试举《肖像》一诗为例：

在火车站

偶遇一位女画师

先生　画张像吧？

时间来不及了

没关系

她上下打量着我

一会儿

递过来一张白纸

我记住了你的模样

下次来取

若干年后

我途经那个小城

她还在那里

为众生造像

我小心翼翼地索画

画好了吗？　没有

你是我终生

也不能完成的肖像

此诗写了一旅客在火车站匆匆邂逅一女画师，要为他画张肖像，因时间仓促，她只递给他一张白纸，说"记住了你的模样"，请他下次来取。"若干年后"，他途经此地，向她索画，她回答没画好，理由是他是她终生"也不能完成的肖像"。此事近乎荒诞，于日常生活中很难存在，但诗人偏偏通过这一简单情节，用一种荒诞离奇的手法，写出了人生的诡异，含不尽之意，给人以许多猜测、迷惑、怀疑和寻味，可说是一首比较典型的荒诞诗，即使置入荒诞派诗选中，也毫不逊色。

20 世纪 80 年代初，不仅是中国改革开放、经济腾飞的起始，同时也是中国文学的重大转折和复苏巨变。而诗歌，无疑起到了一个开路先锋的作用，北岛、舒婷、顾城等人的诗在青年中影响尤大。对于自幼爱好文学、喜欢写诗的周黎明来说，正好躬逢其盛，沾溉甚多，耳濡目染，又多为刚崛起的诗群和诗歌气象，再加上他本人又始终由衷地热爱缪斯，追随诗神，勤于写诗，才有了今天的诗歌成就，形成了自己的一些特色。

　　白居易有诗云："弦凝指咽声停处，别有深情一万重。"周黎明早期的诗以情为主，此可喻其情也；苏轼有诗云："新诗如玉雪，出语便清警。"周黎明《余生》的诗以奇为主，此可喻其奇也。然不管其诗以情为主或以奇为主，或如何变化，他的确是从纯粹抒怀而走向离奇荒诞，从直抒胸臆而转变成一种智性写作，这正是他诗歌创作的亮点所在。唯愿他能继续与缪斯为伴，在诗歌的天地里自由翱翔，如鹤振翅，飞舞云霞，衣袂飘飘，惠风和畅。

　　　　　　　　　　　　　　2024年1月2日至5日于
　　　　　　　　　　　　上海社会科学院文学研究所

序二：凝视与朔望：个体生命的漫长旅程
——简说周黎明诗集《余生》

杨斌华

　　周黎明兄是一位常年生活在上海，经历过 20 世纪 80 年代以来文学语境变徙，且颇富诗意情怀的多文体写作者，擅长诗歌、散文、剧本及歌词等体裁的文学创作。他最为看重的诗歌作品曾经入选《朦胧诗二十五年》《上海诗歌四十年》。恰如其名字一样，他的诗作仿若承载着其人生旅程中的悲喜忧惧，进而透入春露秋霜、四时流转的诗坛的一束熹微之光。因为"灵魂饿了，自会相见"，"在芸芸众生间 / 我一眼就认出你 / 因为我们的灵魂 / 是完全一样的"。

　　诗集《余生》正是周黎明漫长生活旅程中聚积而成的内心独白、对白和旁白的精神集成，是他对于自然、历史、自我情感和生命意识诗意化的介入和赋能，甚而是一种对生活内相的凝视和朔望。正像诗人所吟咏的："我是春天里 / 最后一片绿叶 / 凋零在冬天的枝桠上 / 唱着对生命的礼赞"。

　　《余生》可以说是周黎明经年累月作为上海这座"城市与诗歌的过客"的心绪记录和情感印痕，"如曲尽人散时 / 只剩下唯一的挚爱 / 如坐看云起时 / 越看越不识你的前生今世"。城市镜像透过一个诗人对城市景观的内心感知和现实世界的情感经验，投射到自身的心灵界面中，化育为多重多元的精神体验。每一个人对城市景观的感受和情感体验都是具有独特性的，取决于他的个人背景、价值观和情感状态等多样因素。纷繁喧嚣的城市景观容易导致个体的压力和焦虑，使之感到悸动不宁。同时，或许它也意味着有发散性的活力和有省悟力的触发点，促使其思想的涤荡。再者，城市镜像还能够唤起个体的回忆和情感，过往的经历和眼前的物象都可能会引发他们的怀恋情愫和情感联系，并赋予其特殊的情感色彩，与之紧密勾连。当然，《余生》里面满含特定年代语汇的诗行文字，无疑都是周黎明作为诗人的一种主观体验，以及带有个性化的读解，抑或灵感附体。

譬如他《灯塔》这首诗："那是很久以前的事了／似乎在每一场细雨中／你撑着油纸伞／象猫一样穿过／熟悉的门牌号／还夹着一卷惠特曼的诗"。尤其是《余生》这首更具代表性的作品，其中写道：

手拉着手

唱起青春圆舞曲

我一眼就发现

年过半百的你

还是那样羞涩地打着心结

太阳照在如血般鲜艳的裙摆上

我们的过去和未来

发出月光般皎洁的诱惑

这是一首充满秾艳深情和鲜活心绪的诗歌，作者用简洁而富有感染力的语言，表达了对生命的珍视和对未来的确定感。诗中的"余生"一词，意味着生命中的剩余时间，作者通过既往生活场景的描绘，展现了对人生的炽热之爱和美丽渴求。同时，诗中也透露出对人生的反思和对安定的渴求，提醒人们要珍惜眼前的美好，磨砺心性，把握当下，追求内心的充实和精神成长，让梦想与现实深度交融。概而言之，整首诗给人一种安详、平和和慰藉人心的感觉，显示了诗人不断地反求诸己，以刀刃向内的自我逼视，来应合并映照一种既往不恋，当下不杂，未来不迎的精神姿态。

以往年代的诗歌大多描写并传达现实世情，它涉及到人与人之间的情感维系和互动。在中国古代文学中，有许多脍炙人口的作品描绘了丰富的生活样态，如《诗经》《楚辞》《唐诗三百首》等。诗歌中的世情主题繁富多样，既有对亲情、友情和爱情的赞美，也有对社会现实的关注和反思。这些作品不仅展现了古代文人的情感世界，也为后人展示了宝贵的历史文化遗存。

现代诗中的世情创作，往往凸现出复杂而微妙的情感体验。它既包含了人与人之间的各类传统情感，又融入了现代社会中个体在面对现实压力、人际关系等方面的困惑与挣扎。现代诗中的情感通常更加复杂、多元和微妙。它们可能包括了诗人对孤独的独有感受，这种孤独可能是由于社会环境、人际关系或个人内心的寂寞空虚而产生的。也有对于爱情的描摹。它们往往不再是一种浪漫化、理想化的情感，而是充满了现实的矛盾和拚争。譬如海子的《面朝大海，春暖花开》，诗人就以自己的亲身经历表达了对爱情的渴望和失望。现代诗人还常常通过对生活琐事的观察和思考，表达对人生、命运和社会的感慨。英国诗人托马斯·艾略特的《荒原》，就通过对伦敦城市景象的描画，表现了对现代社会的忧虑和对人类精神的探索。此外，现代诗人往往将自然视为一种象征，透过对自然景观的描状，传达出对生命、宇宙和人类命运的思考。例如美国诗人加里·施奈德的《山之歌》，诗人通过对山脉本体的赞美，表达了对自然力量的敬畏和对人类微渺命运的认识。现代诗人尤其关注社会问题，通过诗歌来凸显对社会现象的批判和反思。艾伦·金斯堡的《嚎叫》，就通过对旧金山"垮掉一代"的描述，展露出对社会道德沦丧和个人自由被束缚的不满。现代诗人素来将诗歌视为一种有意味的艺术形式，缘于对诗歌创作过程的思考，来显示对艺术价值和审美追求的追寻。法国诗人保罗·瓦莱里的《海滨墓园》中，正是通过对诗歌创作自身的探讨，用以恪守对艺术永恒价值的信念。

上述对于诗歌创作的探察视角和意义指向，在周黎明的《余生》中，或多或少都存有隐约的暗合和借鉴之处，值得寻绎与回味。就作者而言，他多年来凭藉着对诗歌写作的虔敬、崇尚和热诚，孜孜矻矻，不懈探求，乃是因为诗歌的高古境界——"你是我终生／也不能完成的肖像"。他在《成为弗里达》中这样写道：

"我会像梵高一样／热烈地拥抱阳光下的向日葵／热烈地向往星空下的生与死"。

显然，这些诗行里潜藏着诗人更富意蕴的思想路标，是诗人在"离开后，留给大地更深的挚爱"（见《失语》）。

众所周知，生命意识在现代诗中是一个经常被探讨的主题。它是指人类对自身生命所进行的自觉的理性思索和情感体验。譬如艾青在早年创作的《生命》一诗中，便深入地阐述了他对"生命"意蕴的理解和感悟。

生命意识在诗歌创作中大致包含了三重含义：首先，它指的是客观存在着的生物体，这是自然界给予的最原始意义上的生命。除了生，它的极端就是死。在生的过程中，生命还要经历由幼小到成熟到病衰的有限的生理过程。其次，生命意识也涉及到对思想与情感的体验。诗歌不仅仅是对客体世界的再现，更集聚着现实与历史的訇然回声。王昌龄在《诗格》中提到的"感兴说"，正是强调了诗人对外部世界的感应和体验，这种体验在众多诗歌作品中得到了丰富而炽烈的表现。当然，生命意识还涉及到诗人对生命价值及其意义的认知，即是诗人个体独特的生命价值观。现代诗中的生命意识无疑更加是一个深邃而复杂、在不同时代深度延展的命题，它涉及到对生命的哲学思考、情感体验以及对生命价值的认知与阐释等层面的多元交融。

由此而言，《余生》有序编排的三个章节里，多少不自觉地包含着作者对于漫长个体生命旅程的一种自我回瞻、凝视与朔望。在现代诗创作中，诗人的自我回瞻大致会透过对过往生活的回忆和反思，以及对生命意义的探寻，来传导出他对人生奔突跋涉的感悟和思索。这种回瞻不仅仅是对其个人履历屐痕的顾盼、梳理和磨洗，更蕴涵着他所历经的历史、自然、文化变迁诸方面的返视与自省。这种自觉的爬梳与回望有助于诗人更好地认识自己，理解自己的内心世界，更明晰自我的精神路向。同时，还有助于诗人拓宽创作视野，丰富艺术表现手法，擢升自己的艺术成就。再者，关切与凝视也是现代文化活动中常有的思想和语言策略，它基于与凝视对象的归属感和融合感，具有很强的认同感。认同性的凝视提供了一个更具开放性的视角，着力于凝视过程中个体想象力和互动性的力量。它足以使个人能够与周围的世界建立更深层次的联系，并在生活中创建一种身份感和主体性，创造一种目的感和意义的愉悦。诗人对于个体生命旅程的自我回瞻、凝视与朔望本身就是一种多元化、多层次的生命体验，也是诗人在创作过程中不断清零和深掘自我，丰富内涵、提升境界的重要方式。

正如周黎明在诗中所描写的：

我的失眠
似青春的常春藤
爬上小镇灰色的尖顶
又似漫天的飞雪
一夜间
染白了镜前的万丈青丝

满月的湖啊
是我一生难以逾越的一道风景

"无月为朔，满月为望。"由传统文化以及时间含义中的朔望引申开去，"朔望"正是表达了人们赋予世情万物以生命意识的一种渴盼、期冀之情，同时也揭示了在自然历史、社会文化尘怀涤荡中绵亘不变的变化规则和符码。

苏东坡词云："人间有味是清欢"。他在与友人游赏山景的过程中心境荡涤，开悟在生命旅程中应以随缘为乐，方才能够抵达恬淡自适的超然旷达佳境。"回首向来萧瑟处，归去，也无风雨也无晴。"又似可看作是他对生命来路的溯源和得失寸心知的标注。人生苦旅中的悲欢忧惧宛若过眼烟云，无悲无喜，不必介意萦怀。而对苦心孤诣的《余生》作者来说，有一天"情歌不唱了／诗歌还在唱"。他将"时间停滞在碎片中／并以破碎的方式／试图修复破碎的世界"。他吟唱着"我爱过／我把你们留在这里／成为万物生长"。

在周黎明的《余生》里，"在深深的海洋里／一条鱼爱上了另一条鱼"。而诗哲泰戈尔曾经写过："水里的游鱼是沉默的，陆地上的兽类是喧闹的，空中的飞鸟是歌唱着的。但是，人类却兼有海里的沉默、地上的喧闹与空中的音乐。"这里，唯愿周黎明兄以《余生》启碇他诗歌创作的新航程，历尽人生征程中的沧桑喜乐，内心依旧安然无恙。而沉浸于精神翱翔的诗人深情深邃的自我凝视和朔望，无疑正是——

"像一群思乡的鹤鸟，日夜飞向它们的山巢，在我向你合十膜拜之中，让我全部的生命，启碇回到它永久的家乡。"

2024年1月15日

目录

contents

第一辑　余生

第二辑　永失我爱

第三辑　墙

第一辑 余生

灵魂饿了 自会相见

余　生

那些曾经鲜活的生命
一夜间扑面而来
我们叠起高高的罗汉
直冲云霄的梦想呀
一个个无情地坠入

手拉着手
唱起青春圆舞曲
我一眼就发现
年过半百的你
还是那样羞涩地打着心结
太阳照在如血般鲜艳的裙摆上
我们的过去和未来
发出月光般皎洁的诱惑

我们欣赏着我们的余生

被时光吞噬的肉体

已渐渐失去了理性

那段试图以酒来抵抗的孤独

那场试图以殉情来结束的婚礼

那曲试图以阉割来终止的歌唱

只在一个寂静的夜里

你的安详

我的心如止水

灵魂饿了

又是一年秋天
不想忘记你年轻的模样
水千条山万座踏上旅程

只想在你平添的鱼尾纹里
复刻年少轻狂的欢乐
只想在你新生的白发中
找到甜蜜如初的回忆
不愿见你步履蹒跚
紧紧扯着衣角不放
最愿听你轻轻地呢喃
一遍又一遍喊着我的名字

甚至找到早已打烊的酒馆
续上多年存下的笑声和哭声
你让我站在原地不动

生怕我会再次走失一样

多少个秋天过去了
我们老了　走不动了
你说
灵魂饿了　自会相见
我信了
在芸芸众生间
我一眼就认出你
因为我们的灵魂
是完全一样的

父亲节的待遇

父亲生于 1935 年
1950 年当兵
即入朝参战
壮士暮年一根筋
常后悔
晚六个月参加革命
享受不了离休干部待遇

又是一年的父亲节
我对父亲说
你若早半年参军
大概率会战死疆场
何来美若天仙的妻子
何来儿女两全的膝下
何来子孙满堂的天伦

父亲听了豁然开朗

那你我都过不上父亲节了

想母亲了

想母亲了
想我在她身体里的小房子时
母亲是怎么的模样
想她和我父亲是怎样恋爱的
是不是也絮絮叨叨般的甜蜜
想她怀上我的那一瞬间
是繁星点点，还是晨曦微露
想我挣扎着离开她身体时
母亲晶莹剔透的泪水

幸亏父母还健在
我去问他们的时候
他们都已健忘
一个下午
我拉着他们的手
不舍又不舍

和你父亲唠叨了一辈子
后悔当初嫁给他了
现在你住的大房子
没有小房子温暖吧
早知道你活得那么辛苦
那天肯定不愿怀上你
有一天我们会阴阳两隔
还不如让你胎死腹中

母亲说这些的时候
父亲一下子变得特别安静
今天是母亲节
他也想母亲了

当我老了

忽然到来的某一天
忽然觉得自己老了
我不敢再想
和年轻的你约会

尽管你美丽的胴体
曾令我顶礼膜拜
尽管你无瑕的微笑
曾让我伤心不已
尽管你天真的眼神
曾使我惊慌失措
尽管你说我的心
还和你一样年轻

放过我吧
时间的恶魔

我是春天里

最后一片绿叶

凋零在冬天的枝桠上

唱着对生命的礼赞

命若游丝

对面的女孩是你吗
她袒露着
走在海兰云天里
朝着岸上所有的男人欢笑

这使我想起了你
想起了浊浪排空的沙滩
当然不是在
几千公里外的现在

我精疲力竭地游进
你黑漆漆的房间
几万条物种
拼命地寻找起源
我知道
命若游丝　无从把握

我真的想享受
创造人类的幸福
在你汹涌起伏的乳房前
我永远是一个吮吸的小孩

若干年后
我们同样地惊讶
注视着隆起的小腹
我还坚信那天
一定会有
一个新生命诞生

对面的女孩不是你
她喜欢天底下所有的男人
她愿意成为所有男人的情人
她更愿意成为所有男人的母亲

正　午

正午的阳光
打在脸上
亲切得如金子
我有这么俗气吗
重新写过

正午的阳光
打在脸上
亲切得如你
你有这么俗气吗
重新写过

正午的阳光
打在脸上
亲切得如她
还有他或牠

阳光这么好
我懒得理她
还有他或牠

阳光怎么会这么好
好得没有一点瑕疵
好得没有吹毛的理由
好得只能委曲求全
好得只剩一地鸡毛

冬 至

这二天你总是
回来得这么晚
躲进被窝里
触到的每一个关节
都发出痛彻寒骨的声音

已没有了鲜血
没有了热泪
我竭力推开
阻隔阴阳的大门
一道又一道
拚命地抹去
每个毛孔里渗出的记忆
一次又一次

这二天你总是

起得这么早

你离开我的被窝

哪一天我记得

又是一年的冬至

甲子纪

亲爱的
我们又长了一岁
隔着被窝
摸得到一个甲子的手
鲜嫩得如处子的肌肤

你说
我们重生了
我说
我们复活了

那么
将痛苦留给
母亲的子宫
将愤怒留给
第一声啼哭

将索取留给

大地的乳房

将生命留给

陌生的抚养者

亲爱的

再不会有

另一个甲子的手

隔着人世间

摸着垂暮的时光

在我们

撒手的一刹那

这个世界

本来就没有存在

成为弗里达

你不止一次地说过
想遁入那个村庄做个隐士
先用镰刀
开垦出莫奈的花园
然后像莫奈一样
坐在自家的花园里
提笔画下荷塘月色

你这么一个
如花似玉的女子
为什么要学
莫奈那个糟老头
如果真喜欢艺术
至少应该成为弗里达
一辈子对着镜子比划
面目狰狞的自画像

如果是这样
我会亲切地称呼
村里的河塘为瓦尔登湖
我会像梭罗一样
熟悉地喊出每一株植物的名字
熟悉地认出每一种生命的呼吸

如果是这样
我会亲切地称呼
村里的小树为挪威的森林
我会像梵高一样
热烈地拥抱阳光下的向日葵
热烈地向往星空下的生与死

爱心快递

从今天起
做一个快递小哥
准备好了厢式货车
购置好了重磅电车
规划好了送货半径

亲爱的朋友
不必告诉我地址
当你开门的时候
请给我一个
微笑和拥抱
我快递给你的
是这个世界上
最珍贵的礼物
是爱和快乐

从今天起

我只想告诉每一个人

我不是快递小哥

我是快乐老哥

自　恋

好久没有爱别人了

好久没有被人爱了

是不是又犯上什么病

遍访中医　西医　老军医

来回体检　理疗　磕药丸

处方一致

偏方相同

各项指标偏离值较大

建议从今天起

好好地爱自己

交　易

我还是喜欢现金交易

我喜欢听取款机
吐出纸币的声音
一个字　爽

我喜欢在菜市场
鱼贩：28 元
老板：给 30 元　不用找了
一个字　爽

我喜欢在夜总会
万水千山总是情
不付小费行不行？
二个字　不爽
一个字　爽

尽管我知道
长期不使用的取款机
时常卡顿

尽管我知道
鱼贩不会为多给的二块钱
感恩流涕

尽管我知道
小姐们戳着我的脊梁骨
这个老土冒

我还是习惯现金交易

空谷余音

这么多年
这个女人的歌声
从未死去

小城没有太多的故事
你还是十年前的你
在五光十色中
小心翼翼地求证
何日君再来的答案
在离离合合间
无可奈何地抱憾
恰似你的温柔
在酒醉的探戈后
半梦半醒地表白
月亮代表我的心

这么多年
任时光匆匆流过
你不在乎
我在乎
我只在乎你

这么多年
这个女人的歌魂
一直活着
活在初恋的地方
活在长亭外古道边

小城没有太多的故事
一直重复着
爱与不爱的故事

猫头鹰

在一幅画里

读懂一首诗

如同在一首歌里

读懂一支酒

放生桥上

伫立着死也

不肯饶恕的鲁迅

城隍庙里

倒下二十年后

还是好汉的阿Q

大淀湖的六个声部

如夜莺般歌颂

冬日的暖阳

十二月的围炉

不仅仅

是对这一年的告别

而是

对这个世界的鄙视

对这个世界最后的礼赞

只有

行走在字里行间的猫头鹰

静静等待冬雨一枚枚刺来

知识就是金钱

穿过时俗的马路
梦见提着一摞书的你
还不快接着
这是我送给你的知识

亲爱的　谢谢
我不缺文化
我缺的是钱
从此你我恩断义绝

分道扬镳后
你吃力地把知识变成金钱
我吃力地把金钱变成知识

宿　醉

今晚
准备了一场宿醉
看敌友如多米诺骨牌
整齐地倒下

我站到最后
不死的缘由是
堆牌的人见我面善
拉开了
我和他们的距离

机车少年

曾幻想骠骑八千里

无尘无土无名

曾追求功成三十年

无云无月无利

却在一个黄昏

摔出了圈层

摔出了高度

摔出了人生

摔出了天际

摔出了如血的黄昏

行走了七千九百九十九里

骆驼终究没走出那片沙漠

骏马终究没走出那片森林

鱼翔浅底成了饮者的美味

鹰击长空成了别人的猎物

一只蝼蚁临终前

向另一只蝼蚁炫耀

还是机票便宜

我已周游列国

可以心满意足地

阖上眼睛

老鸭诗会

一只老鸭

躺在一只煲里

一首好诗

藏在一只屁眼里

当你还在担心

煮熟的鸭子

会飞走的时候

一首好诗

已钻到心眼里了

旧恨断新愁

半夜
适合一个人
想另一个人

新愁
是在月亮升起来的时候
升起来的
旧恨
是在太阳落下来的时候
落下来的

岁月如梭
时光流转
我怕记不起
年轻的模样

前半夜

坐起来

想一会儿

用新愁解了旧恨

后半夜

躺下去

再想一会儿

用旧恨断了新愁

鹿死他乡

许多年以前
潜伏在心窝的
……那群麋鹿
在最后一个中秋
消失得无影无踪
且将　所有的挣扎
　　　　所有的张望
　　　　所有的惊恐
所有的词不达意的荒诞
留给了一个异乡人
终归是要回去的
何时　执一支长箫
　　　剪一缕发绺
　　　唱一曲牧歌
将母亲小心翼翼的眼泪
写在明信片上
寄回我长眠不醒的乡愁

祈　祷

在漫天的阴霾下
你挪动雷公的桌子
准备玉帝的美味佳肴
我知道　如果稍有不慎
天兵天将撕裂的夜空
将是你倾盆的眼泪

什么是你伤心的祈祷
当点起安徒生留下的
最后一根火柴
也被巫婆的雨点吹灭
我仍坚信
所有的火鸡都似温暖的外婆
打起婀娜多姿的花雨伞
庇护着可怜的小女孩
目光中仅存的一点点童真

你不是卖火柴的小女孩
我有些像小兔子乖乖的狼外婆
在五光十色的杯觥交错中
惊诧地发现
我们属于两个不同的童话

今晚　你酒后的绯红
是我与生俱来的恐惧吗?

平行线

地铁驶出站台的一刹那
我看见对面拼命挥手的你
渐行渐远间
两条平行的铁轨
已经驶出了二十八年

当巨大的气浪
吞没毕业的歌声
当两个兄弟
同时爱上一个女友
当躲在邻家的窗下
偷看梳妆打扮的异性
当分手的村口
被推土机夷为平地
当疯长的体重
分辨不出年轻的模样

当先生作古　孩子诞生
半抔黄土掩埋中年

为什么
凭着 QQ　MSN　IPHONE
凭着难以想象的未来
凭着难以假设的结果
找到泛黄的照片
吃力地读出一个又一个
记不起的名字

当氤氲的忧郁
重新回到酒桌之间
当初恋的故事
已成为茶余饭后的笑谈
当校园歌曲
不再唱响青春的失落
当你我已没有孩时的冲动
为心中的偶像朝思暮想
当理想被虚无击垮
思念被日月磨灭
当什么都不想说
什么也不愿意说

为什么
借着 XO KTV SPA
借着一杯杯穿肠的酒
借着一首首伤感的歌
敷衍难以释怀的过去
重新去忘记一个又一个
补上的名字

地铁驶进站台的一瞬间
我拼命地对着黑暗挥手
这最后一班地铁
载着四十六个好奇
回到死一般的寂静

九　月

有个姑娘叫九月
四季也跟着来到九月
九月九酿新酒
但愿在九月长醉不醒
九月重阳登高望远
人生匆匆不过百年

大声地喊出九月你好
有个姑娘回头嫣然一笑
大口地喝下九月九的新酒
醉倒了一大片红红的高粱
大胆地向苍天再借五百年
青鸟来报：诗酒趁年华

他乡即故乡

子夜在异乡
想起了故乡

故乡的月光如水
照在异乡的窗前
一片波光粼粼
故乡的气息如泥
堵在异乡的门口
一阵湿润芬芳
故乡的人啊还在梦中
不晓得这异乡的相思
已悄悄来到床前

故乡的美人站在窗前
胭脂灼灼为谁梳妆
故乡的姑娘堵在心口

泪痕红浥为谁湿透
故乡的亲人从梦中惊醒
见一汪明月
勾起两地乡愁

子夜在故乡
想起了异乡

失　眠

每天晚上
都不敢轻易入睡
生怕明天早晨
永远醒不过来

每天清晨
都不肯轻易醒来
生怕昨天夜里的梦
——是真的！

悼德公

不是说好的吗
还欠你一顿酒
怎么不讲信用
撒手就走了
想两不相欠了

从今天开始
我要存下百年茅台
百年后和你在天上喝
到那时你不会
再食言了吧

陪 伴

那个人陪我

走过很长的一段路

我却没有顾及

陪我走过那段路的那个人

我只顾及身前身后

高低起伏的身影

和悬在头顶上的草帽

会不会被

一阵温柔的晚风吹走

这是一桩无头案

多年以后才惊觉

我顶着那个人的头走了很久

而那个无头的人

顶着我的草帽

一直尾随着我

直到我长出自己的脑袋

天国来电

联系了一个

许久未曾联系的人

却被告知

已去世了

由此联系了许多个

许久未曾联系的人

很多也去世了

还是不联系好

免得伤心

就当我们

都不在这个世界了

如果有好久

未曾联系的来电

就当是和天国

通了一次电话

灯　塔

那是很久以前的事了
似乎在每一场细雨中
你撑着油纸伞
像猫一样穿过
熟悉的门牌号
还夹着一卷惠特曼的诗

我们站在四川路桥
高高的灯塔上
直通通地扑进黑暗的河流
探起头来的每一朵憨笑
都遮不住二排洁白的牙齿

来不及了
你拉着我的手
平衡木似的河堤

摇摇晃晃地沉进了黄昏
听外滩东方红的钟声
催促回家的旋律

如今两岸好色的霓虹
锁住了迫不得已的呐喊
消费不起的酒肆
拒绝着我的踽踽独行
每一个橱窗里的模特
都在嘲弄诗人的清贫

诗歌！已成为城市的嫖客！
城市！已成为诗歌的过客！

不　朽

为了物种的繁衍
乌龟与王八
决定今夜约炮
如果　诗歌
成为乌龟王八蛋
诗人也就不朽了

向死而生

谁会为你向死而生
只是一句笑话罢了
离天国越近的时候
离地狱越远
我这样想着　很坦然！
但一想到便宜了潘金莲
我猛地坐起
大叱一声
我不是卖烧饼之武大郎
我乃景阳岗打虎之武松也

第二辑　永失我爱

在深深的海洋里
一条鱼爱上了　另一条鱼

永失·我爱

匆匆的一瞥
竟没齿难忘

这烟一样的女子
烫痛了我的指尖

她没有回头
是记不起的曾经
还是掩不住的伤心

其实
我们没有过去
只是
心中微微一颤

如琴弦上的抖音

在佳绝处迸裂
如丝绸裹着的羞怯
在懵懂中滑过
如行到水穷处
看不清的迷雾江南

恰好此时
她回过头来
偷偷地瞥了我一眼

我想
她一定记起了什么
在深深的海洋里
一条鱼爱上了
另一条鱼

我爱·永失

杯觥交错间
竟频频回顾

这酒一样的男人
哽咽了我的喉咙

他没有干杯
是故作镇静的虚伪
还是害怕酒后乱性

其实
我们没有故事
只是
闪电划过了双眸

如冬夜里的拥抱

找不到抽逃的理由
如微醺时的佯狂
斗胆说出第一声告白
如曲尽人散时
只剩下唯一的挚爱
如坐看云起时
越看越不识的前世今生

恰好此时
他朝我走了过来
用唇印封住琼露

我想
他一定记起了什么
在湛蓝的夜幕下
一只白天鹅爱上了
另一只黑天鹅

蛇　吻

匍匐在身边的蛇
开始一年一度的冬眠
我早已习惯
她在我被窝里
窸窸窣窣的蜕变

就像她也习惯了
我半夜起身
在黑暗中找到纸和笔
在天亮前交代好
我的遗言

或习惯了
我擦亮火柴
拿成年往事点着的烟
时明时灭地忽悠

我的未来

或习惯了我
每一次无理由地出逃
梦游在空旷的山谷
听任自由呼啸的风
折断等待起飞的翅膀

匍匐在蛇身边的我
这个淳朴的农夫呀
更习惯敞开心窝
温暖奄奄一息的歹念
期待着长长的蛇吻
让我死得其所

春　泥

这个时候来看你
三月里的春雨
打在脸上
全是咸湿的滋味

艾叶长高的季节
把草和在泥里
掐紧刻骨铭心的思念
包裹着
对未来的种种假设

针尖小心翼翼地
试探麦芒
如你大胆地走在
我长满胡碴的阴影里
珍惜这个错乱的季节吧

至少可以插茱萸
可以上菊花台

当然
你也可以把青春
幻成一场祭祀

下个时候再来看你
带来的
不止一个春天
而是完美的四季

掩　埋

半夜惊醒
不是因为恶梦
是无法推开你
紧压住我胸口的手

无数个夜晚
我们重复着一个动作
我移开的你的手
又重新穿过我的胸膛
我撕裂的你的发
又重新缠住我的梦魇
我烫平的你的唇
又重新刷新我的诅咒

不是在冬至发过毒誓吗?
先掩埋了我的中年

再掩埋了你的青春
可在夏至炽热的泥土下
复活的记忆
似拼命钻出的泥鳅
扰乱了四季的序章

半夜过后的后半夜
我起身写下这首诗
只想告诉你
冬至未至　夏至已远

信　物

为了一段情
我藏好了
三十年的信物
三十年后
你过来取
信物变了
信誓旦旦还在

对　面

对面的维纳斯是你吗？
我不忍心砍断你的双臂
如果你四肢齐全的话
我一定不会爱上你!

手语金陵

一个技术并不娴熟的司机
载着我在长江边漫游
身后追逐的声浪
一浪高过一浪

时光嘀嗒
如秋思般绵长
穿过时空的隧道
我找到熟悉的气息
那些梦游在金陵的呼吸
猝不及防地萌芽
猝不及防地死去

夜色深沉
如画布上的手语
解开秦淮的密码

我闻到颜料的迷香
那些紫金在山峦的刮刀
恣意妄为地宣泄
恣意妄为地平静

天亮下车时
我再三叮嘱注意安全
司机笑言：
请给滴滴专车一个好评
谢谢！ 谢谢！

想（致QQ）

想你的第一天
..
...
....
.....
......
想你的三百六十五天

不想你的第一天
..
...
....
.....
......
不想你的三千六百五十天

爱·财神

每年农历初五
一个资本主义的幽灵
化作为中国特色的财神
在东亚的大地上轰鸣

这是一枚虚拟的比特币
每一个毛孔里
渗透着不劳而获的肮脏
这是一张百万英镑的支票
永远兑现不了
马克·吐温的讽刺和幽默
这是一场巴菲特的夜宴
豪掷一晚的饭局
难解战火纷飞中平民的饥饿
这是一出阿里巴巴的骗局
芝麻开门的魔咒

打开的不是财富而是地狱

每年农历初五
我要以
最上等的美酒
最美味的佳肴
燃放漫天的烟火
叩一百个头
作一千个揖
恭迎我的爱神丘比特

肖　像

在火车站
偶遇一位女画师
先生　画张像吧？
时间来不及了
没关系
她上下打量着我
一会儿
递过来一张白纸
我记住了你的模样
下次来取

若干年后
我途经那个小城
她还在那里
为众生造像
我小心翼翼地索画

画好了吗？ 没有

你是我终生

也不能完成的肖像

留　言

我来过
在站台上
给你留了纸条：
忘了来时的祝福
我走了
祝秋安

列车启动的一刹那
我回望你的城市
和渐行渐远的你
空气中
弥漫着幸福的味道

碎　片

没有这张相片前
思念是
最初的样子
最简单的样子

找一张白纸
勾勒出眉目的轮廓
然后开始填色
如果是具象
那就大胆地写实
如果是抽象
那就无畏地撒娇

有了这张相片后
思念变成了
另外一种样子

用刮刀一笔笔抹去
不合理的部分
如果是空间
那就容不得解释
如果是时间
那就写成了永恒

碎碎念念间
思念回到了
最初的样子
爱情的样子

同行人

在两列火车的间隙
你像一个失魂落魄的人
在找另一个失魂落魄的人
从不误点的高铁开始瘫痪

二个行同陌路的旅行者
面无表情地盯住显示屏
你去哪里
我去北方
你去哪里
我去南方
你的车马上要到了
我的车又延误了
我们坐在候车室里
心里都明白这次执手相别
抵得过岁月漫长

都希望自己的车晚点开出
可以多守一守饥饿的灵魂

最后的火车从风雪里
无声无息地滑过
生怕惊醒二个在长椅上
依偎着的同行人

南国的雪

今年南国也下雪了
听说下得挺大的
你那边也下雪了吗
想象着你在风雪中奔波的样子
正想煮一壶热酒
等待生命中的夜归人

其实大可不必这么辛苦
为了守住那份纯洁
经年累月地伫立在长江之头
其实也可以了却这份相思
溯流而下或溯流而上
你来或不来
我都在长江之尾等你
约定好放弃不必要的执念

只是生怕玷污了最初的祈愿
天天守经幡　执经筒
期盼来世早日遇见第一场雪
像洁白的哈达挂住爱人的羽毛

今年南国也下雪了
是不是你也站在雪山之巅
夜夜为爱人流下的热泪
想象着大江大河的对话
融化了山川世纪

只是我们这里不常常下雪
但也曾纯洁一片

站 台

下一站遇见
我的旅人
当锃亮的铁轨
沉入无垠的黑暗
如枯槁的双手
穿过打结的发梢
今生不是约定了吗
不再离别
才会在下一个站台
急切地把你张望?

上一站告别
我的旅人
当呜咽的汽笛
飘起雪白的思绪
如慌张的眼神

生怕遗漏每一个细节
前生一定盟誓了吗
不再相见
才会在上一个驿站
拼命地把你忘记？

失　语

失语在夜空中的枝丫
生怕留下记忆的痕迹
我踽踽独行
不敢惊扰
沉睡着的白天

人世间
纵有千种无奈
怎经得起生命轮回

刹那间
也曾万般风情
怎抵得过隐入尘烟

记住这个多情的季节吧
记住这些默默耕耘的人

这些人

在我未来前

已为天空更换了颜色

这些人

在我活着时

丰富了四季的果实

这些人

在我离开后

留给大地更深的挚爱

这些人

是这辈子注定要遇到的

情人　贵人　仇人　恶人

和同行者

情人的眼泪

情人的眼泪

是盛开的河蚌中

割落的一串珍珠

是三月的春雨

在池塘跃起的涟漪

是久违的怀里

融化的第一场冬雪

是寂寞的路灯

投下的每一缕晕眩

是千年的陨石

击碎所有的思念

是决堤的理智

涌出的洪水猛兽

情人的眼泪

不是因为

离别、失落、追忆和忏悔

而是因为战争

烟

老槐树开花的时候
爬树的女孩也长大了
几十年的擦肩而过
似我们烟一样的过去

过去　只不过是
汉时檐前飞来的燕
赵时宫中衔回的瓦
古井里已汲干的回忆
旧闻中偏偏记不起的某一段

在这样一种不经意的邂逅中
我如此清晰地感受到真实
真实就是
我们在临近黄昏的一刹那
骑车拼命逃出梦魇的中年

我们在夕阳西沉以后
借纸飞机划出最后一抹晚霞
我们被关在考古的阴影里
越过高高的墙头看见的黎明
是我们被迫回到久违的城市
分手在拥堵的红灯　绿灯
徘徊在向左走　向右转

如果我们老了的时候
如果我们还有记忆
我一定会嗅到
你灵魂的芬芳
你一定会听到
我遗落的笑声

老槐树落花的时候
爬树的女孩永远也不想长大
就一支烟的功夫
竟成为几十年的前尘往事

遇　见

路过你的城市

列车停靠五分钟

提前向邻座

要了一根香烟

在站台上

狠狠地抽上几口

又狠狠地掐灭

让烟雾裹着的思念

飘在记忆的每个角落

遇见并不是

一件十分美好的事情

不是隔着万水千山

遇见是隔着层面纱

看不清　摸不透

如两辆相向疾驰的列车

载着各自的履历呼啸而过
就在擦肩的一瞬间
巨大的气浪
改变了我们人生的轨迹

遇见当然也是
一件十分美好的事情
很多年没乘绿皮火车了
我喜欢缓缓驶入
你的城市
你的故事
你的心房
在我遇见你之前
提前做好了功课
提前进入了开学季

天长地久

我不想和你
天长地久
天很长
地很久
这是天地的事

我不长
你不久
这是命里的事
我只想和你
朝朝暮暮

探亲假

每次见到你
都特别亲切
每次见到你
都像找到亲人

为了多见到你
向组织申请探亲假
领导让提供证明材料
只得把前世的姻缘
今生不可错失的重逢
如实地向组织交代

领导听得云里雾里
作出人性化的决定
真是前世欠的孽债
今生难得的冤家

探亲假没有理由
探冤假可以考虑

假条到手
我们见面越来越少了
你说远水解不了近渴
想我时我不在眼前
我说远亲不如近邻
想你时你在天边

陌生人

你来自杭州
我来自苏州
我们是一个天堂里的陌生人

你有着江南女子的风韵
我仅存吴侬俚语的憨厚
我们是风俗上的陌生人

你会唱越剧《红楼梦》
我常吟昆曲《牡丹亭》
我们是文化上的陌生人

你守着一座已被掏空的金山
我天天抱着愚公移山的痴狂
我们是经济学上的陌生人

你热衷于发微信
我执著地写博客
我们是交流上的陌生人

你身边总拥趸一堆狗男女
我远远地看一场游戏一场梦
我们是情感上的陌生人

你喜欢富人瓢里的鱼翅
我向往穷人碗里的余粮
我们是饮食上的陌生人

你用高八度发飙《死了还要爱》
我用低中音唱出《大约在冬季》
我们是歌厅里的陌生人

你扭着水蛇腰宣泄青春
我饮尽杯中酒道天凉好个秋
我们是年龄上的陌生人

你从阡陌走进都市
我从都市归隐牧野
我们是时空上的陌生人

你来自杭州

我来自苏州

我们是一个天堂里的陌生人

天堂故事之一

老龙井
十八棵
消息树
我坐在老龙井十八棵消息树上
等待着来自天堂的传讯

检察院门前的大道笔直宽畅
坦白的材料已酝酿多时
为什么还徘徊在交代的窗口
在美女审判官面前的口供
永远只有一个字：色！
难过美人关的英雄们
顶着头上一把刀的绝望
仍巴不得天天供述自己的淫荡

白色的宝马取代了白色的警车

你优雅地把我请去喝茶
这使我想起了香港的廉政公署
在死亡的最后一刻
仅存的临终关怀
茶未凉　人将走
在离开西子的最后一晚
我突然醒悟：什么该说！什么不该说！

老龙井
十八棵
消息树
我坐在老龙井十八棵消息树下
谛听着来自地狱的聆讯

天堂故事之二

离别时的眼神

深深地刺痛了江南的雨夜

这个城市

已承受不住太多人鬼情未了的故事

当雷峰塔轰然倒下

当苏小小香消玉殒

当弘一的长亭变成短亭

当西溪也成为天堂的一部分

才豁然明白

死了还要爱的真理

想象中的这个江南的雨夜啊

应该会有这样一个江南的女子

寂寞地撑着一把黑色的油纸伞

慢慢地趟过钱塘江

悠悠地绕过西子湖

在断桥上吐出一生的哀怨
朦朦胧胧地消失在
翡冷翠的江南的雨夜

于是　我常痴痴地想
又有谁能承受这——
花一般的年华
灵一般的氤氲

最美的时节

这是一年中最美的时节
木屋爬满了青苔
橘树开出许多莫名的小花
我的爱犬"奥巴马"半睁着眼
懒洋洋地思念着"拉登"

这是一年中最美的时节
我躺在平静的湖面上
鱼儿用它们嚅动的嘴
舔着我的肉体　我的伤痕
我想好了　就这样沉入水底

这是一年中最美的时节
大地从寒冻中苏醒过来
我对着春天伸了个懒腰
倏忽间　一大片绿色

替代了贫瘠的黄土

这是一年中最美的时节
我用劳作换成的下酒菜
招摇着我　吮着手指
喝下一大碗去年秋天
酿成的米酒

这是一年中最美的时节
一只白鹭闯进镜头
我和它对视着
揣摩着对方的思想
交换着双方的纯洁

这是一年中最美的时节
我的情人们
你们云游在何方
漫天的繁星似钻石
闪耀着我们旷世的爱情

满月的湖

满月的湖
是我难以抗拒的一道风景

银色玻璃上的月光
揉碎了华亭湖的碧波
一叶扁舟轻轻划过
惊慌失措的流年
有意还是无意
舟上的女子
用手扰乱了夜的六弦琴

踟蹰的街角巷尾
躲闪着我的忧郁
灵动在弹格路上的红舞鞋
有节奏地敲击
耳熟能详的音符

一次又一次
我流连在一平方公里内
我的失眠
似青春的常春藤
爬上小镇灰色的尖顶
又似漫天的飞雪
一夜间
染白了镜前的万丈青丝

满月的湖啊
是我一生难以逾越的一道风景

一个人的金山

一个人在金山的时候
想起了另一个人

那个人说
城市太拥挤了
天空下到处是监视器
隐私和尊严变得一文不值

那个人说
已经习惯每一条巷道
摸得出每条呼吸的纹理
甚至每个烟圈里吐出的哀怨

那个人说
要在海边娶个阿狄丽娅
然后像黛玉葬花一样湮灭过去

然后生一大堆可爱的贝贝

那个人说
文学是孩儿的游戏
生育才是上帝赋予的责任
纯净的梦由此搁浅了十年

一个人不在金山的时候
想起了在金山的另外一个人

那个人曾带我梦游到海的另一头
注目渐行渐远的对岸
才发现　那竟是一座
沙漏般垒起的情人的坟墓

那个人曾和我站在高处
说　如果我们纵身一跃
溅起的每一朵浪花
都将是欢快的鱼儿游荡

那个人的胃里装满各种各样的酒
当疼得死去活来的时候
我才知道　那葫芦里卖的

只有心酸两个字

那个人的笑声刺痛了我的过去
在每个情人的臂弯里
我们都陶醉地迷失了方向
但每一把都是输不起的赌注

一个人在与不在的时候
都会那么清晰地想起
在金山的那个男人和那个女人
在金山的那个男人
不认识在金山的那个女人
就像每每看见杭州湾里的三座孤岛
我都在想
这是我们三个留给世界最后的雕像
这是我们永远受用不尽的金山

纯真年代

从拿铁的纯真中
去回味卡布奇诺的余香
是一种奢侈
就像这个慵懒的午后
去怀念那个细雨的黄昏
和有关黄昏约定的某个人
是同样的天真

我一个人行走在
这个被冠名为"英格兰"的小镇
却感染着来自四合院的呼吸
紧随着现代文明长长的尾气
延续着我的苟延残喘

我们还会有怎样的将来
尽管我们浸染在如诗的画中

陶醉在如梦的水乡
却身不由己地迷失了自己
在一杯杯入肠的酒里
在一行行离人的泪中

第三辑　墙

有一天
情歌不唱了
诗歌还在唱

墙

柏林墙倒了

情人墙还在

情人墙倒了

情人还在

情人倒了

情歌还在

有一天

情歌不唱了

诗歌还在唱

丹麦纪行

笼罩在古城堡巨大的阴霾里
我挥不起哈姆雷特的利剑
复仇——你早已失去了原来的血腥
平庸——你岂能取代如火的激情
那我美丽的奥菲丽娅
为什么还要守住如玉的花季?
贞洁啊　你拿去吧
你原本就一文不值

少了安徒生的哥本哈根
已不需要童话的点缀
忍痛割尾的海的女儿
挽不住我渐行渐远的旅程
丹麦　我心中永远的童话
童话　已不再属于丹麦

杀　生

每天吃掉一条鱼
是我养生的秘方
我每天去鱼市场
看鱼贩子杀死一条鱼

用杀生来养生？
每每有罪恶感
我在佛前求恕
佛说：
只看见鱼贩子
杀死了一条鱼
你养活了鱼贩子

会　议

之一

令我茅塞顿开的
不是领导的讲话
而是坐在
对面的女干部
和我目光对视时
说出了许多心里话

之二

会上领导口若悬河
下面记了一个小时
我不知道
他们记了什么
我想起了许多年前
我坐在下面
给台上的女领导

写了一首爱情诗

之三
不懂经济的
在讲经济
是买卖的最高境界
就像最近的股市
中国大妈赚了
很多分析师
死在泡沫里

之四
论资排辈等了十年
我的席位卡
前移了二位
我兴奋不起来
因为这十年
耽误了我
干正事的许多时间

之五
台上来了个新面孔
估计是
哪个领导又挂了

他发言的声音很轻

女秘书急忙上去

把弄话筒

我和领导一样

耐心地等待

二只小鹿扑通扑通

之六

会议结束

领导说奏国歌

却被音响师

搞成了国际歌

大家都很镇静

因为我们

不是国家干部

我们是人民公仆

之七

会议室很安静

天气很不配合

外面的雷声很大

雨点很小

总算散会了

每张凳子都湿透了

纪委的同志也走了

之八

今天开个短会

其实短会也不短

领导说：

要学会取长补短

我们的工作

才能粗中有细

狗·日

一只叫金虎的狗
摇头晃脑地
在对我示好

它不是一座小金人
站在好莱坞的屋脊上
阅尽人世间的喜怒哀乐

它不是一尊小金佛
飘在五光十色的经幡里
悟透人世间的喜怒哀乐

它不是一枚小金币
投掷在博弈的大转盘中
难料人世间的喜怒哀乐

它不是一块小金表
沙漏在时光的秒杀下
刻录着人世间的喜怒哀乐

它没有金子的纯度
没有猛虎的体魄
只是一只
名字叫金虎的狗

此时
它在摇头晃脑地
向世人炫耀
我和它之间
没有杂质的友谊

数羊游戏

警告你们

胆敢跟我玩阴的

我就跟你们比赛数羊

一只羊

二只羊

三只羊……

数到你们全都睡死过去

我还在数

一百零一只羊

一百零二只羊

一百零三只羊……

一直数到

阴差阳错

阴阳调和

阴盛阳衰

一直数到

羊变成鹰

春天里的秋天

巴金故居诗歌朗诵会赋诗

在这所房子里
他留给世界
最后的诤言

这不是一代知识分子
良心的幡然醒悟
不是人之将死
其言也善的临终嘱托
不是追忆
似水流年的忏悔、自责

只是
兄弟间的促膝长谈
父子间的舐犊深情
夫妻间的秉烛夜话

它没有写进
《家》《春》《秋》里
而是融入了
《雾》《雨》《电》中
它给文学松了一下绑
让人性喘了一口气

在这所房子里
他给这个世界留下
不朽的《真话集》！

理想国

刚开始
我的理想是肥猪满圈
然后
母猪都跑了
寻欢作乐去了

最后成为
我一生理想的是
把公猪养壮养肥
宰了过年
绝不成全别人的种猪
绝不再造就猪的后代

行军床

据说伟人的书房
都有一张行军床

我要向伟大的战略家学习
战到哪，睡到那！
我要向伟大的外交家学习
交到哪，睡到那！
我要向伟大的书法家学习
书到哪，睡到那！
我要向伟大的思想家学习
想到哪，睡到那！
我要向伟大的文学家学习
学到哪，睡到那！
我要向伟大的政治家学习
治到哪，睡到那！

据说凡人的书房没有床

一辈子都在行军的路上

窗　口

有风吹过的窗口
是心乱了
无人走过的窗口
是神乱了

但我终未
躲过那阵风
记起那些人

帽子戏法

临别时无所赠
我将我的帽子
扣在你的头上
玩弄下帽子戏法

砍头只当风吹帽
但愿我被砍下的头颅
顶在你的脖子上
和你一起思考

那样　我才放心
我们在同一股血脉里
唱着对生命的礼赞

想吴妈了

衣衫褴褛的孔乙己
在自家的酒店门口踟蹰
以"多乎哉，不多也"的狡黠
盘算着手中的茴香豆
以"窃书不能算偷"的悖论
扫了隔壁文庙的斯文

唉　世道变了
满街都是
一捅天下的赵先生
满街都是
排队酸酸的阿Q们
谁还理会阿毛娘的困惑？
我只晓得春天没有狼了
怎晓得春天还有狈

来来来

孔兄　方兄

直管沽酒换钱去

来来来

德先生　道先生

尽管盗取祝福一片

今晚

我只想和吴妈困觉

一觉困到天亮

射

摆渡人予我三箭
箭上口涂毒物
令我三日内
一箭射日
一箭射地
一箭射心上之人

一日
我欲射天
竟暗无天日
二日
我欲射地
无立足之地
三日
我欲射心上之人
终不忍下手

大限已至

三箭齐发心上之人

一箭射中

妾仰面朝天

落日熔金

二箭射中

卿匍匐倒地

血沃中原

三箭射中

奴含笑九泉

遂立遗言：

天外有天

地下有地

你中有我

戏子·折

爷！咱受不起屈辱
走！回京城去！
这　　丫鬟的身
天子的命呀！
老朽听天由命
就随了丫鬟的身

你先拾掇码儿
让我做个核酸

一会儿
泪如雨下
沾湿了衣襟
沾湿了
江南的大好河山

最忆是江南

最恨是江南

不　怕

我在上海

现在
我躺平了
等你来睡我

等了七七四十九天
等到你的来信　说
可以蹚过大半个中国
就是蹚不进上海

这下
我躺赢了
安全感满满的
终于不怕失身了

睡　法

我趟过
大半个中国
没有睡到你

睡到你
是一种遗憾
没睡到你
是一种圆满

扬子情　中国梦

扬子饭店八十八周年庆

在扬子的梦里
我梦见处子的黎明

扬子的每一段光影
惊艳了八十八年的风华

八十八年前
在扬子的梦里
优雅　浪漫　高贵
是您的代名词

当玫瑰风干
爱情的绵长
您的每一个故事
都是那么的深情

当旋律不朽
光阴的隽永
您的每一个音符
都是那么的动人

当血肉铸成
民族的脊梁
您的每一次回眸
都是那么的执著

当苦难历炼
申城的繁华
您的每一次转身
都刻上时代的烙印

八十八年后
在扬子人的梦里
坚韧　忠贞　涅槃
是您的代名词
扬子的每一个露台
行吟着一个世纪的注目礼

在扬子的梦里
我梦见处子的黎明

石头纪

来到石头城下
我只带了一粒沙子
愿自由的风裹着
吹进明澈的眼睛
当你拼命揉着
挤下的每一滴泪水
都想告诉叩响城墙的人
不仅是精美的石头
还是饱经沧桑的历史
都不是铁石心肠
都会感动得热泪盈眶

成　败

成了
有人轰然趴下
有人掩面而泣
有人岿然不动
有人乐极生悲
萧何说没成
这事又砸在自己手上
没成？
我又被击倒在
三国演义里

偶　然

偶然地爱上了
偶然地有了你
偶然地有了你的你
圆周率是除不尽的
如无耻的猜想
无穷无尽

如果是必然呢
必然的没爱上
必然的没有你
必然的没有你的你

唉！幸亏没有必然
要不
让偶然成为休止号
让必然成为连续号？

咋暖还寒

黑色的灵柩

秋风打开了盖板

一群枯叶

腾空跃起

我舞动扫把

在星空下泼墨

咋暖还寒

李清照笑道

宛平南路又多了一位诗人

声音之上

在一种声音上
叠加着几千种噪音

就像
在一朵白云上
栖息着上万朵乌云
在一个心上人的床边
睥睨着无穷个色狼
在一双眼神里
战栗着数不清的忧郁
在一种语言中
混杂着几千种母语
在一块大国的疆域里
驻守着小国的军队
在一群良民的俯仰间
出现了一个共敌

有一种声音
聒噪了我几十年
我的神经性耳鸣
概出于此

落樱无语

请告诉我
你的花讯
含苞不代表你的个性、勇气
只代表我的执著、热忱
我寻觅一生的花讯
或可在
我辗作尘泥后告诉我
让我拥着你的芬芳长眠
在寂静的世界里
不再缄默!

请告诉我
你的花期
怒放不代表你的生命、灿烂
只代表我的铅华、流年
我苦恋一生的花期

只可在
我告别阳光前告诉我
让我拥着你的绿荫小憩
在喧嚣的四季里
缄默不语!

过路人

车过甜爱路
我小心翼翼地提醒
你并没有抬头
一生走过的路太多
已不记得甜爱路了
月光下
有两行清泪闪过
不复存在的甜爱路
依旧甜爱着

轻　重

被掏空的躯体
分辨不出孰轻孰重
灵魂从相反的方向逃亡
生活中的恩怨
蜕变成
生命的玩笑

弥留之间
大地的胴体洁白如玉
闪着多情的皱纹
我明白
每一刀雕刻中
汨汨流出的眼泪
刻着只有
你我才知道的碑文

我的心

微微一颤

莫不是

年少的你正策马奔来

或绝尘而去

手

小手又弄脏了
怎么还有咸咸的味道
来！帮你洗一洗
外面咸猪手很多
你可要小心喽！

我没和猪玩
我和人在玩

老　土

喝土酒

吃土菜

摔土碗

杀土鸡

烧土灶

唱土歌

看土戏

在土家族

愉快地做了

三天土鳖

黄

银杏黄了
我们的关系
也黄了

故乡的云

天边飘过一朵

故乡的白云

打电话给故乡

故乡留言：

白云飘走了

现在是乌云密布

真　相

如果告诉你真相
海会枯的
石会烂的
你还会和我海誓山盟吗

会的
我们等不到
海枯石烂的那一天

错　过

来的时候错过了
想着还有下一次

走的时候又错过了
想着错过了第一次
也不怕错过第二次

就当每一次重逢
都是此生的第一次
就再也不会错过了

记　性

到新地方吃饭？
上次不是去过吗？
你说没去过
我说去过的
一路争吵着
来到饭店

瞧我这记性
上次的确带你来过
窗口的位置还空着
等待着新的主人

遇见你的每一次
都是记忆复活的第一天

见字如面

见字如面
走过一扇扇熟悉的面孔
呵着热气
用低温抵抗高温
举箸之间
把日月吞进了江山
把河流咽进了大观

见面如字
合上一扇扇陌生的面孔
我写下这封信
告诉素昧平生的你
有关于味蕾的故事
怎样和面、下面、捞面
怎样和一个陌生人
面对面地说起熟悉的你

墙上的涂鸦

画布上的技法
在密集般涌来的路上
画架下的思想
在密集般褪去的途中
幽闭我吧
这与生俱来的恐惧

温柔的墙投下
巨大的阴影
如浪涛拍击礁石
吞噬一天的黄金时刻
复盘着我们
行将朽木的光阴
唯有空旷的角落
依依不舍的余晖
照着整墙的荣耀

耷拉着脑袋

待价而沽

羊入虎口

下午三点整时
将一只热气羊腿
切成冷气羊肉片

下午五点整时
架炉、烧炭、上桌
将冷气羊肉片
涮成热气羊肉

从内蒙到上海
遥远的几千公里
从活的变成死的
也就几个小时
从死的涮入口中
也就短短的几秒

家门口的热气羊肉店

每天都熙熙攘攘

每天都大快朵颐

每天都争先恐后

每天都花天酒地

每天都上演

弱肉强食的活报剧

天　井

天井为我打开了一扇窗
我每天坐在天井里观天
挪动椅子
看见越来越干涸的井水
挪动桌子
看见越来越腐烂的井绳
唯一使我快乐的是
也曾盗取蛙声一片

古董店

刚下床的海明威
才上墙的毕加索
各自掏出自己的烟斗
看名作和名画
怎样成为烟灰

鱼化石开始疯狂的行动
打劫五千年的中国瓷器
时间停滞在碎片中
并以破碎的方式
试图修复破碎的世界

木 讷

一个人的木讷
是一堵墙的木讷
二个人的木讷
是一张床的木讷
三个人的木讷
是多了二把椅子的木讷
四个人的木讷
是少了一张桌子的木讷

群生像

之一
没看见你画过一张画
却洞穿了你的艺术史
其实真正的理解
不是通过作品
而是通过默契

之二
一个孤老头子
抛弃了诗歌
抛弃了音乐
却在色彩中
找到了诗歌
找到了音乐

之三

三顾茅庐未遇真人

只得趴在窗口看某人

在组织三教九流渡江

等创作者打开门

才发现那人在浴缸里学习游泳

之四

墙上的小红人天天在好奇

今天来了哪些客人

今天主人在干什么

今天主人和客人谈些什么

我也很好奇

那张画是主人最用功的

那张画是客人最喜欢的

那张画主人和客人谈妥了价格

之五

一个男的在一楼办个展

一个女的在二楼办个展

一楼二楼趁机办双个展

嘉宾全都在二楼驻足

一楼角落里的画家

睥睨着这个乱世

之六

用你的世界装置世界

世界也装置你的世界

之七

看了电影

再看摄影

看了摄影

又看了电影

之八

什么时候

东北虎变得温柔了

是不是大兴安岭

也变成了玫瑰园

它一定嗅到了什么

它的眼睛贼亮

它也懂得了人性

玫瑰花下死

虎骨也风流

之九

脑子好的时候

裸泳都不敢露出大屁股

脑子不好的时候
直接把大淀湖
画成了大腚湖

之十

美术老师和钢琴老师
约会得好尴尬
钢琴老师喜欢的是学生
美术老师喜欢的是老师

之十一

一个上海人
不远千里来到北京
还当上了村官
四十多年后
北京人不当他是北京人
上海人不当他是上海人

之十二

一幅硕大无比的画
张牙舞爪地袭击了我
你大可不必惊慌
你尽可以当它是
神话中的飞毯

载着你

自由翱翔

或自生自灭

之十三

父亲喊你回去耕田

你不去

母亲喊你回去吃饭

你不去

男人喊你回去喝酒

你不去

女人喊你回去做爱

你不去

孩子喊你回去嬉戏

你不去

上帝喊你回去绘画

你立马就去

之十四

扒了二千年的房子

只留下一块汉砖

你捧在手里反复掂量

然后小心翼翼地

画出心中的山水

读懂了
你就是砖家
读不懂
就拿你去拍砖

之十五

自从能说会道后
便不用再画画了
偶尔打扫房间
发现落满尘埃的自画像
画中的男子叼着雪茄
睥睨着小有名气的策展人
你是谁呀？
胆敢跑进我的房间

一次离别

这一次的离别
来得那么突然

来不及告别
池塘里呢喃的小鱼
和岸边含羞的枝柳

来不及告别
漫天挽留的夕阳
和倒影婆娑的木屋

甚至来不及细想
悬挂着的眷恋
和少年莫名的忧郁

来不及寻找

遗落的笑声

和躲在尘埃里的故事

这一次的离别

像上一次一样

我在暗夜里划过的

每一根火柴

都想衷情地告诉你们

我爱过

我把你们留在这里

成为万物生长

卖　拐

一位行为艺术家
艺术性地摔了一跤
三八节这一天
我想去看她
送一副拐杖作为礼物
她跌跌撞撞地迎上来
真傻！还要什么礼物？
你不就是我的拐杖吗？

投名状

一个叫强权的男人
胁迫我
将他的私生子腐败
养得更壮　　养得更肥

我怀揣投名状
找到强权的原配
告发了他

没过几天
腐败的生母
小三被暴尸街头
腐败也不知去向
强权向悍妇低下了头

三花烂漫

浪花说　我是欢快的
当启航的汽笛鸣响
我召集千万朵兄弟姐妹
顺着缆绳爬上甲板
将这一方水土
带给异乡遥远的祝福

樱花说　我是浪漫的
数百万次的洗礼后
我已不惧零落成泥辗作土
当短暂的绚丽过后
将完美的花季
融入这片多情的土地

钢花说　我是沉默的
每一次潮汐　飓风来临

我会站得更加伟岸　更加挺拔
让熊熊的烈焰熔化
将绽放的生命
雕塑进这座城市的脊梁

我说　我是幸运的
经历了
浪花的欢快
樱花的浪漫
钢花的沉默
也经历了三生三世！

后记：往后余生　有您真好

子曰："吾十有五而志于学，三十而立，四十而不惑，五十而知天命，六十而耳顺，七十而从心所欲，不逾矩。"短短三十七个字，道尽了中国人为学、为仕、为己的一生，也浓缩了儒、释、道的文化精髓！我的为文、为生、为稻粱谋大抵也高度契合了这样的时间轨迹。十五岁开始写诗，三十岁弃文谋生，四十岁出版了第一部诗集《独白·对白·旁白》，五十岁独立拍摄了诗电影，现在终于站到了六十的人生关口，生怕往后耳顺了，再也没了激情，故将近二十年的诗歌创作辑集出版，共选录了自2002年以来创作的诗作一百余首，分为三个部分。

第一部分《余生》。这部分诗歌集中表现了人到中年后的二十年间，除了对客观意义上的存在价值的理性思考外，在自身诗性语言的转换上也有所努力。表现在创作过程中，更注重于对未来的思考，至于未来我想说的是：写了四十五年诗歌，做了二十五年职业经理人，往后要学会管理余生了。

第二部分《永失我爱》。这部分的诗歌侧重于个人情感的表达，试图以细腻的笔触，感人的语言，生动的场景，讴歌人类感情中最至真的一面。其中有对命运弄人的无奈，但更多的是对美好爱情和生活的向往。"在深深的海洋里，一条鱼爱上了另一条鱼。"因为鱼的记忆只有六秒，所以反复的游弋，是为了记住对方。人类的爱情是不分年龄段的，既可以赞美永恒，也可以隽永瞬间。

第三部分《墙》。这部分诗歌偏向于对客观世界的哲学思考。近二十年来我一直在突破诗歌创作的瓶颈，如果说第一本诗集注重的是个人情感，那么进入后二十年，商品经济高速发展，价值观受到极大冲击，但艺术创作不能因美受到祗毁，真受到质疑，善受到弱视而感到无望。"如果你四肢齐全的话，我一定不会爱上你"，而应发自内心地用诗歌呼唤真善美，来唤醒人们的良知。

最后要感谢孙琴安、杨斌华两位大家作序，感谢上海文艺出版社徐如麒及老友诗人长岛的鼎力相助！

亲爱的读者朋友，如果有一天您也有缘读到这本诗集，当您轻轻地合上扉页的时候，一定会听到我衷心的祝福：往后余生，有您真好！

周黎明

2024年2月